KB178127

가을은 메틸오렌지

가을은 메틸오렌지

발　행 | 2022년 9월 1일
저　자 | 유창수
펴낸이 | 한건희
펴낸곳 | 주식회사 부크크
출판사등록 | 2014.07.15.(제2014-16호)
주　소 | 서울특별시 금천구 가산디지털1로 119 SK트윈타워 A동 305호
전　화 | 1670-8316
이메일 | info@bookk.co.kr

ISBN | 979-11-372-9347-2

www.bookk.co.kr
ⓒ 유창수 2022
본 책은 저작자의 지적 재산으로서 무단 전재와 복제를 금합니다.

가을은 메틸오렌지

유창수 지음

차 례

머리말

1. 문학과 과학의 눈맞춤

가을은 메틸오렌지 ❥ 15
가을 나무는 항암치료 중 ❥ 16
카르스트 사랑 ❥ 17
가시 바늘 ❥ 18
산소와 이산화탄소 ❥ 19
용해 ❥ 20
퀴리온도 ❥ 21
비아그라 ❥ 22
나무가 기다리는 건 ❥ 23
상사화 ❥ 24
으름꽃의 고백 ❥ 25
손대지 마세요 ❥ 26
일몰 ❥ 27
엽록소 ❥ 28
벗꽃에게 ❥ 29
천리안 2B호 ❥ 30
바닷속 조롱 속 푸른부전나비 ❥ 31

2. 기다림과 그리움의 입맞춤

산수유마을에서 ❥ 35

누구야 ❥ 36

청태산 눈꽃 ❥ 37

선유도 자갈마당에서 ❥ 38

그대가 그리운 나에게 ❥ 39

설루 ❥ 40

가을 심부름 ❥ 41

동백 ❥ 42

마음 가지 ❥ 43

사랑 ❥ 44

소금기둥에게 바다가 ❥ 45

은모래 해변에서 ❥ 46

사이 ❥ 47

우울 건조기 ❥ 48

봉숭아 ❥ 49

타는 그리고 녹는 ❥ 50

기다리는 건 ❥ 51

3. 나와 당신의 사랑

꽈배기 ❥ 55

가족사진 ❥ 56

잔도 ❥ 57

눈 ❥ 59

그대는 금요일 ❥ 60

생이불유 ❥ 61

동승 ❥ 62

비에게 바람을 맞다 ❥ 64

칠보 사랑 ❥ 65

단풍나무 아래서 ❥ 66

꽃님 해님 떠나실 때 ❥ 67

사과 ❥ 68

앵두나무 무덤 ❥ 69

빈자리 ❥ 70

말하더라 ❥ 71

좋아 ❥ 72

교실 속 정신분열 ❥ 73

4. 절망과 희망의 포옹

옥계동 36번지 20호 ❧ 77
가시칠엽수의 고백 ❧ 78
12월은 조사 ❧ 80
사과나무 ❧ 81
실명 ❧ 82
점프 ❧ 83
보석사의 섬 ❧ 84
헌화로에서 ❧ 86
점자와 수어 ❧ 87
나무 ❧ 89
줄다리기 ❧ 90
기꺼이 ❧ 92
아담이 눈 뜰 때 ❧ 94
보고 싶다 ❧ 96
어느 호르헤 영감의 편지 ❧ 98
가시나무숲 검은 발자국 ❧ 100
톡톡 ❧ 101

시인의 말 ❧ 103

가을이 황홀합니다.
하늘이 찬란합니다.
나무는 행복합니다.
사랑하는 가을, 하늘, 나무에게
이 시집을 바칩니다.
시집의 편집과 표지 디자인을 예쁘게 해 준 큰딸
유가을에게 고마운 마음을 전합니다.

1. 문학과 과학의 눈맞춤

가을은 메틸오렌지
(한국문학시대 2020년 겨울호)

가을은 메틸 오렌지
단풍나무는 산성
생글생글 새콤하던 나뭇잎
빨갛게 물들여
사랑 닮은 단풍잎 만드네

가을은 메틸 오렌지
은행나무는 염기성
탱글탱글 텁텁하던 나뭇잎
노랗게 물들여
그리움 닮은 은행잎 만드네

가을은 메틸 오렌지
사랑은 산성 그리움은 염기성
그대 품은 심장 뻘겋게
그대 그리는 얼굴 누렇게 물들여
낙엽 닮은 갈사람 만드네

메틸 오렌지: 산성 물질은 빨갛게, 염기성 물질은
　　　　　　노랗게 변화시키는 지시약

가을 나무는 항암치료 중

너네
미용실 다녀왔구나
정말 예쁘게 됐네
빨강머리 앤 스타일
노랑머리 캔디 스타일도 있고

기온은 다이어트하는데
난 요즘 비만이 되어가고 있어
스웨터, 카디건, 외투들
내년 봄에나 뺄 수 있겠지

왜 진작에 말하지 않았니
아들 장가 보낼 때도 건강하더니만
난 몰랐어
항암치료 받느라
그 곱던 네 머리카락이 다 빠졌더라

너무 걱정하진 마
올겨울 잘 치료하면
내년 봄에는 더 사랑스러운
연두 머리카락이 다시 뽀송뽀송 나올 거야

카르스트 사랑

(2022년 제32회 대한민국장애인문학상 가작)

빗물이 조각한 회색 자궁 속에서
우리는 사랑을 소조한다
암흑의 공허에 뿌리로 태어난
나는 뿌연 유방
억겁의 찰나에 새순으로 부화한
그대는 검은 남근
나는 그대에게
연속(年速) 1밀리미터의 속도로 달려가고
내게 오는 그대는
1년에 1밀리미터의 거리만 잘라낸다
천년의 그리움은 유두에서 한 방울 똠방
만년의 기다림은 귀두로 한 모금 철벅
차가운 들숨과 뜨거운 날숨이 빚은
사랑의 신음은 에코의 노래로 피어난다
거꾸로 된 삼각형과 바로 선 삼각형은
모래시계처럼 그리움의 무게를 재고
장음 표지처럼 기다림의 길이를 한없이 늘인다
그리움이 얼마나 무거워지면 나 그대에게 닿을 수 있을까
기다림은 얼마나 잘라내야 그대 나에게 닿을 수 있을까
그리움이 땅이 되고 기다림이 하늘이 되는 날
나의 뿌리가 그대의 꽃잎에 닿아 한 몸으로 굳을 때
한 방울 생명의 석회수가 우리를 만지는 바로 그 찰나
그대와 나는 동시 오르가즘
세상의 천장과 바닥을 이어낸 우리는
그제야 황홀한 우주의 기둥으로 선다

가시 바늘

그대를 사랑하는 일은
벌컥거리는 내 심장에
탱자나무 가시를 박는 일
그대로 인해 심장이 고동칠 때마다
붉은 통증을 담은 그리움이
울컥울컥 쏟아져 나옵니다

그대를 사랑하는 일은
파닥거리는 내 혈관에
몰핀 주사 바늘을 박는 일
그대로 인해 혈관이 수축할 때마다
푸른 희열을 담은 황홀함이
선득선득 뿜어져 나옵니다

사랑은 천국의 고통 지옥의 희열
그대는 탱자나무 가시 몰핀 주사 바늘
그대를 사랑하는 일은
내 영혼에 그대를 지긋이 꽂는 일입니다

산소와 이산화탄소

사랑은 산소
그리움은 이산화탄소

사랑은 나를 살아 숨 쉬게 하지만
자꾸만 숨 막히는 그리움을 만들어내요

이산화탄소에 중독된 난
가을 내내 산소 탱클 찾아다녀요

용해

그대 그리워
내 마음 소금처럼 찌들어갈 때면
그대에게 안겨 용질이 되고 싶다
나를 녹여 포근히 안아주는
그대는 나의 용매
그대 속에 내가 완전히 녹아
육체 없는 영혼의 맛만 남으면
나는 그것을 사랑이라 부르리

퀴리온도

(한국문학시대 2021년 여름호)

그대 품은 퀴리온도
자석이 자성을 잃어버리는
그 온도처럼
그대의 따스한 가슴
처참하게 피 흘리는 나를 안아
악마의 마성까지 씻어내는
그대 나의 퀴리온도

잘난 척 허세를 부리고
뻘건 욕망을 태우며
꺾인 들꽃마저 짓밟던
포악한 짐승을
순결한 히말라야 장미로 만들어내는
그대 나의 퀴리온도

퀴리온도: 자석이 자성을 잃어버리는 온도

비아그라

사람들은 나더러
협심증을 고칠 수 있다고
아니 고쳐야 한다고 말했지
세상이 나에게 준 사명도
심장을 건강하게 만드는 일이었지
나도 그런 사람들과 세상의 말을
철석같이 믿고 있었지
내가 태어난 이유도
내가 살아가는 목적도
모두 그것이라 확신하고 살았지
하지만 난 그 심장을 좋아하지 않았지
협심증과도 내 꿈은 별 관계가 없었지
실패가 거듭될 때마다
난 되돌아보며 뒤돌아보며
나 자신에게 왜 사느냐고 물었지
좌절이 반복될수록 태어난 것을 후회하며
사라질 날만 기다렸지
그때는 나도 사람들도 세상도
내가 비아그라라는 것을 그 누구도 알지 못했지
내 안에 다이아몬드처럼
실데나필이 감춰져 있다는 걸
아무도 몰랐었지
몰랐기에 우리는 지금처럼 고통스러웠지

나무가 기다리는 건

(한국문학시대 2022년 여름호)

나무가 기다리는 건
따뜻한 꽃 수놓아주는 봄이 아니죠
당신은 꽃만 보다가 떠나가니까
나무가 기다리는 건
시린 녹음 색칠해주는 여름이 아니죠
당신은 녹음만 덮다가 떠나가니까
나무가 기다리는 건
열매 매달아주는 농염한 가을이 아니죠
당신은 열매만 먹다가 떠나가니까
나무가 기다리는 건
모든 걸 빼앗아 가는 가난한 겨울이죠
그제야 당신이 나무만 바라보니까

상사화

봄
잎은 꽃이 그립다
가을
꽃은 잎이 그립다

평생
나는 네가 그립다

으름꽃의 고백

이제야 나를 바라보시네요
영혼은 황홀한 벚꽃에게
마음은 청순한 목련에게
몸은 살가운 진달래에게
다 줘버리고 해마다 봄앓이를 하시더만
오지 않는 어제
없는 오늘
떠나버린 내일
그 모든 문장의 주어에는 그대가 있었죠
어제는 영혼을 갈아 꽃빛은 보랏빛 팥빛
오늘은 마음을 접어 굽어버린 꽃잎
내일은 몸을 찢어 꽃잎은 세 갈래 조각조각
갈 봄 여름 없이 그대 위해 날마다 피고 싶지만
봄 한나절만 내일을 꿈꾸는 하루살이로 피어 있었죠
하루를 천 년 같이 천 년을 하루같이
찰나를 영겁으로 영겁을 찰나로
그대를 기다리며 그대를 그리며
꿈꾸는 이들은 모두 꽃을 피우죠
이렇게 쌉쌀한 단 내음
으름꽃 향기로 그대에게 스밀 날 앞질러 기억하면서

손대지 마세요

떨리는 그대 따뜻한 손
내 살에 닿으면
난 '토독'하고
세상에서 가장 야한 소리를 내며
내 몸을 활짝 열어
씨앗을 낳았었지

손대야 '톡' 하고 터지는 나더러
손대지 마세요
라는 말을 가르쳐주고
그대 멀리 떠나 버린 뒤
영영 돌아오지 않네

지나가는 바람이라도
어쩌다 내 몸에 닿아
또 한 번 그 야한 소리를 내며
투두둑 터질 날만
그대보다 더 기다리고 있네

손대지 마세요: 봉숭아의 꽃말

일몰

저물녘 서쪽으로 서쪽으로
시속 1660킬로미터로 날아가면
널 놓치지 않으려나
너는 저무는 해
네가 날 버린다고 생각했지만
정작 널 떠나온 것은 나
맴도는 운명의 자전에 갇혀
태양을 사랑한 한 마리 슬픈 해오라기
나에게서 멀어지는
아니 너에게서 멀어지는
이별의 속도가 너무 빨라
이러다간 널 놓치고 말겠네

차라리 이 별에서
이별하고야 말거나

시속 1660킬로미터: 지구의 자전 속도

엽록소

또 한 해가 죽는 계절이 되어
지구가 식어 가면
나는 부서지고
광합성이 만든 당분을 만난
안토시아닌은 우리 삶을, 우리 사랑을
붉은 피로 칠해 가는데

단풍은 피고 낙엽은 지고
사랑은 지고 이별은 피고

벚꽃에게

또 가슴을 찢고 있구나
너는 고치를 찢은 나비
알을 찢은 새
어둠을 찢은 별
봄을 찢어 꽃을 피우고 있구나
나를 찢으며 너는 오고 있구나

또 세상을 버리고 있구나
너는 하늘을 버린 눈
새를 버린 깃털
눈을 버린 눈물
봄을 버리고 꽃은 떠나고 있구나
나를 버리고 너는 가고 있구나

천리안 2B호

그대는 시속 1609킬로미터로 늙어가는
에메랄드별 보랏빛 장미

나는 그대의 가시에 눈이 찔려
꽃잎만 바라보는 눈먼 별

그리운 구심력은 집착이 되고
외로운 원심력은 미련이 되어

부러지지 않는 붉은 가시로 박혀
영원히 그대 이마맡에 정지한 위성

그대는 지구별 장미
나는 그대로 인해 눈먼 별

바닷속 조롱 속 푸른부전나비

푸른부전나비가 조롱 속에 갇혀 있다
늙은 시간의 창살이 햇살처럼 촘촘하다
왜 어떻게 갇혔을까
질문은 후회를 낳지만 이미 사산이다
얼굴 없는 선장이 나비가 든 조롱을 바닷속으로 내던진다
배고픈 바다는 아가리를 벌려 야윈 나비를 받아 먹는다
검은 병실에서 들었던 산소발생기 소음이 들린다
부서진 날갯짓은 태풍을 일으키지 못하고 사위어 간다
세상 밖으로 날아가려는 카운트다운이 초혼보다 서럽다
바다와 하늘의 경계는 못 박힌 관 뚜껑처럼 단단하다
CPR을 외치는 문어의 구두 소리와 소독약 냄새가 가득하다
병든 문어는 먹물로 아무도 이해할 수 없는 무언가를 쓴다
숨넘어가는 푸른 나비를 보는 내 숨이 낮달처럼 샛노랗다
마지막으로 나비는 질식을 들이마시며 핏물 땀을 내뱉는다
거친 숨소리가 바닷물에 짭짤하게 녹아든다
나는 떨리는 손을 내밀어 푸른 나비의 조롱을 잡는다
시신처럼 차가운 유리벽에 닿는 손끝에 저혈당이 흐른다
아쿠아리움의 유리벽은 다른 세계처럼 낯선 브라운관이다
푸른 나비의 숨은 이제 180cc 우유곽만큼 남았다
나는 오금이 저려 바지에 쓸개즙이 섞인 오줌을 싼다
이제 하나의 숨통을 막아 영원한 질식을 끊어야 한다
유리벽을 향해 조롱을 향해 푸른부전나비를 향해
나는 펜토바르비탈이 장전된 권총을 쏜다
푸른 나비는 찢어지고 나는 눈물바다에 질식해 간다
조롱 속에서 흰동가리 한 마리가 헤엄쳐 나온다

2. 기다림과 그리움의 입맞춤

·

산수유마을에서

(한국문학시대 2022년 봄호)

사알사알
수줍은 내 여린 몸에
보드레한 그대 극세사로 내리면
맨살은 봄살에 녹아내리고
노랗게 남은 얼굴은
그대 그리던 그리움의 잿가루
꽃살에 햇살이 닿으면
어느새 아찔한 노란 산수유 내음
간질간질
작은 새의 가는 발가락 닮은
어린 봄날이 늙으면
그리움도 함께 늙어
바닷속 플랑크톤처럼 아득한 꽃눈이 퍼붓고
설운 내 봄강에 흐르는 봄내
봄강에 살던 노란 별들은
피어나는 눈꽃에 늙다 늙다 그리움들이 죽어갈 즈음
그대 닮아 빠알간 숯보다 더 뜨거운 별이 되어
어느새 서늘한 빨간 산수유 열매

그대는 봄 햇살 나는 봄 꽃살

누구야

(한국문학시대 2022년 가을호)

누구야
가을 하늘에
청보라 물감 엎지른 사람 누구야

누구야
쪽빛 하늘에
그리운 얼굴 낙서한 사람 누구야

누구야
쪽빛 가을에
가난한 마음 빠뜨린 사람 누구야

청태산 눈꽃

눈꽃의 꽃말은
헉!
그대가 내 속에 들어올 때처럼
눈꽃 핀 둔내의 잣나무가 눈 속에 들어오면
헉!
황홀한 절정에 그대로 얼어붙어
내뱉지도 들이쉬지도 못하게 하는 그런 꽃

눈꽃의 꽃말은
품고 있어도 그리운 사람
마른 뼈에 피어난 새살이 햇살에 탈 때처럼
둔내의 잣나무에 핀 눈꽃이 가슴에서 녹으면
품고 있어도 그리운 사람
영원한 찰나에 그대로 얼어붙어
잊지도 그리워하지도 못하게 하는 그런 꽃

선유도 자갈마당에서

선유도 자갈마당 바닷물에는 풍경소리가 녹아 있다
밀려오는 그리움에 남겨지는 외로움에
닳아 닳아 야위어버린 심장들을
파도가 어루만지는 소리가 난다
씁쓸하고 짭조름한 소리가 난다
외로움은 쓴맛이란 걸까
그리움은 짠맛이고

얼마나 지나면 그리움이 조약돌처럼 닳아질까
얼마나 흐르면 외로움이 바닷물처럼 빠져나갈까
조약돌은 늙어가도 그리움은 엔트로피 제로
빠져나간 썰물 다시 밀물이 되어 돌아오듯
외로움은 다시 그 자갈마당에 덩그러니
모양을 바꾸는 달에 밀리고 끌리는 바다처럼
마음을 바꾸는 그대를 향해 앓아누운 외로운 그리움

선유도 자갈마당 바닷물에서 자갈 한 알 주워간다
그대를 잃어버린 찬 심장 한 알 꺼내 놓고
따뜻한 그리움 하날 주어 온다
햇살이 그대 눈망울처럼 빛나면
그대 얼굴 그리워지는 날 꺼내어 만져보려고
바람이 그대 숨결처럼 날리면
그대 목소리 사무쳐오는 날 보듬어 만져보려고
뜨거운 그대 심장 찬 가슴에 품어 둔다

그대가 그리운 나에게

이제는 그리워하지 말자
이별은 그리움마저 이별하는 것이니
사랑은 이별까지도 사랑하는 일이니
봄이 그리운 겨울이 봄살 같은 눈꽃으로 웃어대도
뭍이 그리운 바다가 핏물처럼 소나기로 뿜어져도
하늘이 그리운 나무가 영혼처럼 연기로 헤엄쳐도
이제는 그만 그리워하자

죽음을 그리워하는 연어가
자궁으로 돌아가려 바다를 버리듯
아침을 그리워하는 태양이
바다에 수장되려 하늘을 버리듯
그대를 그리워하는 나는
사랑의 무덤에 잉태되려
그리움의 숨통을 끊는다
이제는 그만 그리워하자

그대를 그리다가 그대로 인해 멀어버린 두 눈을
다시 뜰 때까지는 영원히 그대를 그리지 말자
이별은 그리움마저 이별하는 것이니
사랑은 이별까지도 사랑하는 일이니

설루

월정사 기와에 쌓인 눈은
햇살에 녹아
눈물이 되고

내 가슴에 쌓인 그대는
그리움에 녹아
눈물이 되네

가을 심부름

그대에게 가을을 심부름 보냅니다
하늘은 시리게
햇살은 바삭하게
바람은 간지럽게
단풍은 뜨겁게
갈대는 쓸쓸하게
풀벌레는 외롭게
별빛은 그립게
그대에게 전해 달라고

받는 대로 기러기 떼 앞세워
한 번 다녀가세요

동백

사랑은 져도 꽃은 피더라
아니 사랑이 져서 꽃이 피더라
그대 떠난 꽃자리에 온통 붉은 피더라
이별을 닮은 동백은 지금도 피더라

마음 가지

어제는 옆집으로 넘어간
오동나무 가지를 잘라냈습니다

간지러운 봄날
허공에 뿌리를 박듯 꿋꿋하게 나오던 새순과
폭염에 탈색된 하얀 여름날
푸른 그늘은 두고 봐줄 수 있었겠지만
때도 없이 얼굴을 디밀듯 마당 여기저기에
카톡 메시지처럼 '퍽퍽' 비명을 토하며 쑤셔 박히는
오동잎 때문에 성가신 옆집 사람을 생각하며
후회와 미안함으로 톱질을 했습니다
허공에 지었던 허망한 집과
오지 않은 시간 속에 그렸던 추억의 그림자를
이제 싹뚝 잘라내 버렸습니다

하지만 아직도 그대 마당으로 넘어간
마음 가지는 잘라내지 못하고 있습니다

사랑

어제는
늙은 기억을 닮은 눈이 온종일 내렸습니다
오늘은
어린 미소를 닮은 햇살이 하루 내내 찬란합니다
봄 속에 겨울이 사는지
겨울 속에 봄이 사는지
도무지 알 수가 없습니다

밤새도록 함박눈처럼 내 안에 당신이 쌓였습니다
하루 종일 봄 햇살처럼 당신 안에 내가 가득합니다
내 안에 당신이 있는지
당신 안에 내가 있는지
도무지 알 수가 없습니다

소금기둥에게 바다가

그리움은 소금이라서 그 소금이 자꾸 두 눈을 찔러서
그대 두 볼에도 짠 소금강이 흐르네요
그리움은 소금이라서 그 소금이 자꾸 마음에 절어서
그대 가슴팍도 서걱거리는 소금사막이네요
갯바위에 핀 하얀 소금꽃처럼
그대 눈가에 아픈 소금꽃이 피고
되돌아보다 뒤돌아보다 소금인형이 된 그 사람처럼
그대도 어느새 슬어가는 소금기둥이네요

그리움은 세월에 녹아도 마르지 않는 짜고도 쓴 소금

그리움 때문에 바다가 된 내게로
그리움 때문에 강물이 된 그대여 이제는 흘러와요
더 짙고 더 아픈 그리움들이 녹아 있는 바다
세상 모든 그리움들이 발효되는 바다
그대 두 눈과 심장을 찌르던
소금 가시를 삼투로 삼투로 녹여줄 내게로 와요
소금기 절은 모래가 버석거리는 내 가슴을 지나
그리움을 부수며 발끝을 부수며 지금 걸어와요
사막을 녹이며 기둥을 녹이며
내게로 내게로 흘러와요

은모래 해변에서

(한국문학시대 2020년 겨울호)

괜히 왔다
덩그러니 나만 홀로 남겨 놓고
떠나간 그 사람 꼴 보기 싫어 왔는데
여기서도 그 몹쓸 놈의 파도는
뒷모습을 보이며 떠나가고 있다
그 사람처럼 정말 밉상이다

설레는 속삭임으로
비틀리는 애무로
숨 막히는 키스로 밀려올 때는 좋았었지
사정이 끝나자마자 모로 눕는 그 남자처럼
휭하게 떠나버린 파도를
은모래 해변은 오늘도 나처럼 기다리고 있다
그리움이 낡아지면 은모래가 되는 것을,
사랑이 녹이 슬면 흰모래가 되는 것을
버석거리는 소리도 못 내고
나처럼 쓰러져 있는 해변을 딛고서야 알았다

괜히 왔다
허옇게 녹슨 그리움 한 줌만 보태고 간다

사이

섬과 섬 사이
바다가 있어서 저들은 섬이야
별과 별 사이
어둠이 있어서 그들은 별이야

너와 나 사이
그리움이 있어서
우리는 사랑이지

우울 건조기

가을 햇살
너는 얼굴에 바르는 수면제
시린 가을 하늘에 눈을 감고
얼굴 가득 너를 듬뿍 바른 채
가을 멍석에 누우면
스르르 잠드는 불면
가을 바람이 부르는 자장가에
한숨 자고 나면
가을 빛깔만 남기고 기화해
저녁연기처럼 사라지는 노란 우울
너는 젖은 내 영혼 말리는 우울 건조기
가을 멍석
가을 햇살

봉숭아
(한국문학시대 2021년 가을호)

아침에 핀 태양이 서쪽 하늘에 다시 피어나듯
그대 마당에 물든 난 그대 손톱에 또다시 피어나리라
내 몸을 그대 위에 포개고
사랑의 이불을 덮어 인연의 실로 동여매면
그대 고운 새끼손가락 끄트머리에
나는 푸른 새벽 서늘한 초야혈로 물들어 가리라
여름이 죽어 꽃이 죽어
화장한 유골처럼 꽃들이 제 섰던 자리로 돌아가도
나는 그대 손톱에 봉숭아 내음을 심으며
붉은 석류알처럼 뜨겁게 익어 가리라
가을이 늙어갈 즈음 나를 벌써 잊어버린 그대가
무심코 손을 쳐들 때 손가락 끝 루비는 후두둑
산수유처럼 그대 눈 속으로 따갑게 쏟아지리라
그대 세월의 손톱깎이로 아무 망설임도 없이
붉은 초승달을 서너 번 깎아내고
나를 그대 마음에서 모두 도려내면
그제야 첫눈이 그대 손톱에 떨어지리라
찬 눈을 포갠 새끼손톱이 따뜻한 눈물을 흘리며
손톱 끝만큼이라도 나를 기억한다면
손대지 마세요라고 말하며
내년 여름 나는 또다시 그댈 찾아가리라

타는 그리고 녹는
(한국문학시대 2021년 봄호)

노을빛이 너무 야해
그대가 그리워집니다
노을 속에 그리움을 걸어 보지만
노을은 그리움을 태우지 못합니다
괜한 내 애간장만 노을에 타들어 갑니다

커피 향이 너무 고와
그대가 그리워집니다
커피 속에 그리움을 담가 보지만
커피는 그리움을 녹이지 못합니다
괜한 내 애간장만 커피에 녹아듭니다

기다리는 건

대추꽃이 여름을 기다리는 건
오지 않는 그대를 기다리는 나처럼
무모한 일인지도 모릅니다
그래도 끝내는
여름이 피고 꽃이 오고
나는 또 꽃으로 피어납니다

대추 열매가 가을을 기다리는 건
떠나버린 그대를 기다리는 나처럼
어리석은 일인지도 모릅니다
그래도 결국엔
가을이 영글고 열매가 오고
나는 또 열매로 익어갑니다

3. 나와 당신의 사랑

꽈배기

(한국문학시대 2020년 겨울호)

상처도 없이 온몸에
흉터보다 더 또렷한 자욱을 움푹 남기며
서로 멱살잡이를 하듯 엉켜 있는 너와 난
영원히 용서 못할 철천지원수였던가
칡덩굴과 등나무처럼 서로가 상대의 숨통을 조르며
서로를 질식으로 몰아가는 나와 넌
영원히 화해 못할 천하의 상극이었던가

차라리 자유와 평등 사랑과 정의 보수와 진보라는
숭고한 가치의 극단에서
너와 내가 부대꼈다면 좋았을 것을,
내 어머니와 네 어머니 흡연과 금연
뒤집어 벗은 양말과 그렇지 않은 것 같은
사소한 일상의 문제가 아닌 것들로
나와 네가 뒤틀렸다면 좋은 핑계나마 되었을 것을.

어리석게도 펄펄 끓는 기름 바다에
온몸이 바스라지도록 바사삭 튀겨진 후에야
우리가 연리지처럼 한 그루 나무였음을
어비목처럼 한 마리 물고기였음을 깨달았으니,
하늘이시여
토닥토닥 허전한 두 어깨에 칭찬의 말이라도 건네듯
하나 된 우리 영혼에 달디단 첫눈이라도 뿌려 주소서

가족사진

가을은 가족사진
가을 속에는 그리운 사람들이 산다

말라가는 들풀은
쇠죽 끓는 냄새를 퍼트리는 할아버지
따뜻한 까치밥은
없이 살아도 인심 좋은 할머니
떨어지는 낙엽은
모든 걸 다 주고도 짐이 되기 싫어 열흘 만에 훌쩍 떠나는
내 어머니
굵은 알밤을 품은 쩍 벌어진 밤송이는
겉으론 무뚝뚝해도 속정 깊은 아버지
떨어지기 전 가장 고운 단풍잎은 지기 전 가장 고운
해를 닮은 누님
쪽빛 하늘은 이상이 높아 현실에서 멀어지던 형님

가을은 가족사진
풍경 속으로 들어가 나도 그네 틈에 들국화로 핀다

잔도

화산 천 길 낭떠러지에는 잔도가 있다

공포가 퍼붓는 절벽에
배냇저고리 같은 판자를 이어 붙인 오솔길
절망과 맞닿은 벼랑에
어린 꽃잎인 양 선반처럼 내어 단 하늘길
이승과 저승을 이어주는 영혼의 사다릿길이 거기 있다
그네들은 살고 싶어서 죽음에 매달렸으리라
똥구멍에 목숨줄을 매달고
바위 같은 시간에 구멍을 내는 거미가 되어
땀방울이 핏방울이 되도록
운명의 짐을 올리고 또 올리는 시지프스가 되어
하늘 나는 그 바람길을 만들었으리
지금이 마지막이라는 간절함으로
여기가 마지막이라는 애절함으로
그녀에게 나도 이제
거미가 되고 시지프스가 되리라

사랑은 그녀를 위한 잔도를 건설하는 것
삶이란 그녀를 위한 잔도가 되어주는 것
서로가 서로에게 잔도로 엎드리는 것
발 디딜 틈 없어 숨 쉴 틈조차 없는
그녀의 벼랑 끝 인생에 내 등판을 내어준다
작둣날에 숨결을 건 그녀 대신
그녀의 험한 절벽에 내 목을 걸어둔 채
부들부들 오금 절이는 시간 위를 걸어오는
그녀를 사랑한다
사랑은 한 송이 꽃을 위해 모두를 거는 것
삶이란 한 포기 풀이 결국 모두가 되는 것
그녀가 지나간 뒤엔 무너져 내려도 좋을
따뜻한 잔도로 피리라
저기 아슬아슬 그녀가 허공을 걸어오고 있다

그녀의 인생 낭떠러지에는 잔도가 있다

잔도: 험한 벼랑 같은 곳에
　　　 선반을 매달아 놓은 듯이 만든 길

눈

찬 세상에
따뜻한 눈이 내리는 건
시린 마음에
포근한 눈이 덮이는 건

내 손 꼭 쥔 너 때문이야

그대는 금요일

그대는 금요일
그대를 만난다면
월요일도 금요일
그대 없는 금요일은 월요일

그대는 투뿔 한우 등심
그대랑 먹는다면
독버섯도 한우
그대 없는 등심은 독버섯

그대는 파라다이스
그대랑 함께라면
지옥도 파라다이스
그대 없는 천국은 지옥

생이불유

폭풍에 쭉지를 찢긴 너를
모락모락 김 나는 내 심장에 넣고
리시안이란 이름으로 살려내었지
내 왼쪽 어깨에 뺨을 얹고 잠든
길 잃은 별이라 생각했지
분홍색 스웨터를 입고 내 등에 업혀
소나기로 불어난 도랑을 건너는 꽃이라 믿었지
쭉지에 새살 돋고 별이 깨어나고 꽃이 도랑을 건너고
나는 홀로 남는 게 무서웠지
내가 미워하는 나라로 네가 날아가려 할 때
별이 제 살던 사람들의 마을로 돌아가려는 새벽
제집으로 꽃이 발걸음을 옮기려 하는 순간
나만의 것으로 갖고 싶은 욕심이 태어났지
향기로운 장미를 너무나 사랑해
그것을 꺾어버린 사내의 마음을 훔치고 싶었지
푸른 햇살 부수는 너의 날갯짓만을
어두운 마을에서 상냥하게 빛나는 너의 웃음소리만을
아프지 말고 살아있어 주기만을
선홍빛 간을 쪼개며 태우며 바라던 나인데도
장미 가시에 찔려 멀어버린 두 눈에는 피강이 흘렀지
두 줄기 붉은 강이 흐르는 불 꺼진 창 너머로
날아가는 새를 빛나는 별을 피어나는 꽃을
나는 이 문장과 함께 그려 넣었지
생이불유

생이불유: 낳았으나 소유하지 않는다(노자 〈도덕경〉)

동승

KTX 좌석이
왜 두 칸씩 붙어 있는지 아시나요
그건 바로
당신과 나를 위해서입니다
옥수수 잎에 빗방울이 나리는 소릴 보던 접시꽃 여인처럼
산절 마당귀에 떨어지는 머리오리 소릴 만지던 여인처럼
무서운 짐에 무거운 숨 내뱉는 당신 곁에는
내가 앉을 이 자리 하나 꼭 있어야 합니다
이제야 그 한 자리에 함께 앉아
이방인들 틈에 홀로 앉았던 당신을 끌어안아 봅니다
애타는 깊은 한숨 주섬주섬 긁어모아
내 곱창머리끈으로 꽁꽁 묶어 차창에 걸어 둡니다

죽음의 박쥐들 점호하는 터널을 지나고
곡성처럼 흘러가는 강물 위 철교를 건너는
파르스름한 당신 얼굴이 스마트폰 액정 차창에 찍힙니다
꽃 무더기 속에 자라는 사악한 시체를 파내고
환희와 공포의 야누스 얼굴을 가진 타목시펜을 먹는
애린 당신의 얼굴에 찬 겨울 강이 흐릅니다
한가로운 신은 너무 높이 있었고
분주한 사람들은 너무 멀었습니다

그래서 KTX 좌석은 두 칸씩 붙어 있어야 합니다
겨울 강이 만든 그대 얼굴의 빙벽을 녹이기 위해
온음표보다 긴 한숨을 썰어
십육분음표로 끊어지는 웃음을 만들기 위해
내가 그 옆자리에 앉아야 합니다
불안하고 허연 곰팡이 무섭게 핀 그대 오른손 꼭 잡아
순결한 보랏빛 제비꽃을 피우기 위해
지구보다 무거운 그대 머리 내 어깨에 괴어
사월의 꽃잎보다 가벼운 숨결로 만들기 위해
KTX 좌석은 이렇게 둘이 한 쌍으로 앉아 있어야 합니다

비에게 바람을 맞다

비와 만날 약속을 했어
기상청에서 날짜랑 시간을 잡아줬지
비는 오지 않고 바람만 불어
오늘도 바람을 맞았구나 생각했지
친구가 투덜거리며
비를 맞았다고 톡을 해왔어
친구에게만 찾아간 비가 야속했지
서운한 마음에
천둥이랑 번개나 끼어들어 훼방 놓아라
심술을 부려봤지
결국 오늘도 난 비를 만나지 못했어

내 생애 만나지 못한 것들이 비뿐일까
그 사람들 그 희망들 그 기회들...
지금도 건네지 못한 선물처럼 내 손엔
곱게 접은 우산만 들려있네

칠보 사랑

사랑은 칠보 같은 것
처음 만날 땐 나를
나른한 봄에서 뜨거운 여름으로 데려가는
영영 떠날 땐 나를
황홀한 여름에서 서늘한 가을로 끌고 가는
시작할 때는 사춘기 같은
끝날 때는 갱년기 같은
사랑은 칠보 같은 것

단풍나무 아래서

(한국문학시대 2021년 겨울호)

고촉사는 팍팍한 허벅지의
통증을 어루만져줄 뿐
까마귀도 가진 날개를 주진 못했다
전설 속에서 떡을 쪘던 시루봉은
무덤처럼 종착이라는 깃발로 펄럭일 뿐
푸른 희망이 되진 못했다
구원도 없는 그렇다고 떡이 있는 것도 아닌
삶의 계단을 오르며 젊은 하늘에 허우적거리고 있을 때
후두둑 그들은
절망으로 공포로 쏟아져 내렸다
여름 소나기는 공황의 바다처럼 단번에 숨통을 조여왔다
어쩌면 삶이란
느닷없이 우산 없이 소나기를 맞는 일
그대는 그때 거기
숨구멍으로 수숫단으로 자궁으로 서 있었다
초록의 우산 아래서 숨 쉬고 사랑하고 다시 태어나고
비가 그치면 뒤도 안 돌아보고 떠날 나였지만
그대는 그때 나의 생명이요 연인이요 어머니였다

그 많았던 내 인생의 단풍나무들
그대들을 모으면
내장 단풍보다 더 붉은 바다가 되겠지

꽃님 해님 떠나실 때

꽃님 떠나실 때
세상도 함께 진 것 같아 얼마나 울었는지 모릅니다
그 영롱한 향기와 빛깔이 그리워 숨이 막혀 오겠지만
꽃 진 자리에 봄처럼 돋아날
임 닮은 열매들을 보며
영원히 임과 함께 살으렵니다

해님 떠나실 때
세상도 함께 진 것 같아 얼마나 울었는지 모릅니다
그 뜨거운 열정과 생명이 그리워 눈이 아파 오겠지만
해 진 자리에 꿈처럼 돋아날
임 닮은 별들을 보며
영원히 임과 함께 살으렵니다

꽃님처럼 해님처럼
우리 곁을 떠나시는
거룩한 임들의 뒷모습에는
찬란한 황금 발자국이 지도처럼 남았습니다
영원히 영원히
임들을 그리며
그 발자국에 우리를 포개렵니다

사과

그대 고운 꽃잎이
내 어깨에 떨어졌을 때
어느새 난
뉴턴의 사과를 품은 황홀한 지구

그대 뜨거운 입술에
내 잎이 녹았을 때
어느새 난
낙원의 사과를 베어 문 첫 번째 남자

그대 작은 씨앗이
내 가슴에 쏟아졌을 때
어느새 난
운명의 사과를 박살 낸 용감한 윌리엄 텔

그대 비옥한 육체에
내 뿌리가 박혔을 때
어느새 난
백설 공주의 목구멍에서 죽음을 빼낸 행복한 왕자

앵두나무 무덤

오래도록 야훼는 오지 않았다
맘몬은 반가운 월급날 입금처럼
양떼구름 속에 숨어 능글능글 기어온다
정의로운 바람과 사랑스러운 햇살은 저울보다
앵무새의 집이나 그것을 무너뜨리는 맘몬에게나 공평하다
사악한 뱀들의 푸른 손이 그 집 어깨에 얹어지는 감촉은
선악과의 첫입처럼 달콤하다
하지만 칡범의 커다란 얼굴들이 늘어날수록
푸른 그들의 얼굴은 죽음의 사제들보다 검고 무거워진다
찢어진 그림자는 처음엔 뱀의 피처럼 서늘해서 좋다
그림자가 올가미가 되고
그 목줄이 파멸의 관이 되어갈 때까지는 그랬다
그러다 붉은 앵무새의 대가리가
후두둑후두둑 해골이 되어 쏟아져 내린다
집의 기둥들은 젖은 숯보다 슬픈 유골로 서 있고
지붕은 오래된 무덤처럼 머리를 풀어 젖힌 카타콤이다.
썩어가는 붉은 대가리들은
검은 기다림을 먹은 걸 후회할 줄도 모른다
양 떼 걸음을 하는 덩굴들은 그렇게 욕망의 봉분을 만들며
그 옆 앵무새 집으로 또 천사처럼 달려든다
앵두나무 무덤들은 맘몬의 똥 냄새가 지독한 공동묘지이다
백수 광부는 모가지가 잘린 요한처럼 공무도하가를 부르고
공동묘지의 마녀가 오히려 마녀사냥의 춤을 추고 있다
그래도 야훼는 오지 않았다

빈자리

썰물이 떠난 갯벌이 이럴까
봉숭아가 진 손톱이 그랬지
손목을 뺀 두꺼비 새집은 어땠나
홍시가 빠진 허공이 이럴까
사랑니 빠진 자리가 이랬지
갈비뼈 빼준 옆구리도 이랬지
목련이 떠난 꽃자리는 어쩌나

말하더라

작은 새 나더러 말하더라
그대 있어 세상이 행복하다고

여린 꽃 나더러 말하더라
그대 있어 세상이 아름답다고

낮은 풀 나더러 말하더라
그대 있어 세상이 살 만하다고

좋아

산이 좋아
바다가 좋아
나는 제주가 제일 좋아

착한 게 좋아
섹시한 게 좋아
나는 네가 제일 좋아

교실 속 정신분열

어머니와 아들이 사람을 낳는 상상을 가르친다
어머니와 아들을 글자의 감옥에 가두는 법을 가르친다
꽃은 자신의 빛깔과 모양을 정할 권리가 있다고 강의한다
꽃 색깔을 클렌징폼으로 지우고 잎사귀를 가위로 자른다
미니스커트 길이를 단속하던 침팬지들을 비판한다
교복 스커트 길이를 재는 오랑우탄이 된다
숫자보다 친구가 사진보다 추억이 더 소중하다고 말한다
숫자와 사진으로 등급을 매겨 소고기로 만들어버린다
개별학습실의 다람쥐를 존중하라고 훈계한다
대답 잘하는 VIP 표범의 반짝이는 눈에서 힐링을 한다
별을 캐어 내일로 가는 징검다리를 놓자고 부추긴다
방해되는 징검별을 캐내어 돌 더미에 버리라고 지시한다
민주주의는 시끄러워서 좋다며 큰 입의 중요성을 역설한다
모두가 다소곳한 정숙이가 되라고 명령하는 독재자가 된다
몸은 영혼보다도 솔직한 아주 소중한 것이라고 주장한다
책상에 엎드린 나무늘보들을 뾰족한 꼬챙이로 찔러 깨운다
뒷모습의 의미를 아는 것이 인생이라 가르친다
앞모습의 표정을 묻는 시험문제를 낸다
바람의 말과 햇살의 소곤거림을 들어라 말한다
미어캣이 창밖을 바라보자 검은 커튼을 쳐 버린다

4. 절망과 희망의 포옹

옥계동 36번지 20호
(2021년 제31회 대한민국장애인문학상 우수상)

얼마 전 당신의 소식을 또 들었습니다
헤어진 첫사랑에 대한 소식을 전해주듯
당신 소식을 전하는 야속한 사람들이 가끔 있습니다
나와 사랑을 나누던 당신의 육체는 벌써 부서졌다더군요
그 살갑고 정겨운 살과 뼈를
굴삭기 날랜 백정이 해체해버리고
주검은 쓰레기 폐기장으로 주인 없는 유골처럼 버려졌다고..
미안합니다 늦바람이 무섭다고
똘똘한 한 채의 선악과에 정신이 팔려
무슨 놈의 영화를 보겠다고
당신을 업자들에게 팔아넘겼으니...
당신만 팔아버린 게 아니었습니다
35년의 심장 같은 추억들
당신과 함께했던 노을빛 아버지의 임종
생선 가운데 도막 같은 어머니의 청춘
황홀한 신혼과 두 딸의 파릇한 유년
누님과 동생들이 고단한 삶을 웅크릴 고향
그 모두를 팔아버린 거였습니다
당신은 이제 대지를 닮은 새파란 영혼 위에
건축업자들의 욕망으로 빚어진 또 다른 육체를 얹고 살겠지요
난 그 형벌로 억억 소리가 나는 전셋집에
맞지도 않는 관 속에 시체를 구겨 넣듯
추한 영혼을 쑤셔 넣고 공황의 날들을 살아가겠지요
용서 없는 욕망의 반성문을 편지로나마 받을
당신이 이젠 세상에 없다는 것이 나에겐 영원한 형벌이 될 겁니다

이 밤에도 옥계동이라는
저 시지프스의 바위가 내 가슴 위로 처박히고 있습니다

가시칠엽수의 고백

나도 밤나무가 되고 싶은 때가 있었지
너도 밤나무야라고 불리고 싶었지
이젠 알지
나도밤나무도 너도밤나무도
나와는 아무런 상관이 없다는 걸
난 밤나무가 아니라는 걸
열매도 다르고 하늘도 다르고 길도 다르다는 걸
다른 이들의 입만 바라보다
내 잎이 말라가는 걸 몰랐지
모양도 맛도 다른 나의 열매로
다른 열매를 흉내내려 숨 가쁘게 살았지
제사상에도 오르지 못하고
율곡의 가문에도 기웃거리지 못하는
내 신세가 처량하다고 생각했지
정상과 비정상을 나누는 이들과 합창을 부르며
나 자신을 정상이 아니라고 생각해 버렸지
세상이 만든 표준에
날 맞추려고 이름까지 바꾸고 싶었지
다른 것과 틀린 것이 다른 것이 아니라는
틀린 생각을 하고 살았지
마로니에광장을 떠나 밤나무골로 이사를 가고 싶었지

떫은 내 열매를 먹은 이들은
나에게 누명을 씌워 날 베어버리려고도 했지
쓸모로 가치를 평가하는 식물도감에서
밤나무가 아닌 난 밤처럼 고독했지
이젠 알지 난
밤나무만이 표준을 재는 갈대가 아니라는 걸
쓸모만이 사는 이유는 아니라는 걸
그저 있는 것만으로도
황홀하고 아름다운 이유가 된다는 걸
안네 프랭크나무도
샹젤리제거리의 가로수도
마로니에광장도
나로 인해 생겨났다는 걸
가시가 달리고 잎사귀가 일곱
애린 심장을 품고 있는
나는 나
낮에도 찬란하게 빛나는, 밤을 꿈꾸지 않는
나의 이름은 가시칠엽수

12월은 조사

12월은 접속 조사
가을과 겨울 사이에 있는 너는
젊음과 늙음 틈에 낀 나를 닮았다

12월은 호격 조사
낙엽 보내고 눈꽃 부르는 너는
절망 떠밀고 희망 부르는 나를 닮았다

사과나무

나무야 너는
눈꽃 쌓인 까만 밤에도
어쩜 그리 꿋꿋이 견딜 수 있니
그건 내 마음에 향기로운 봄꽃이
뽀얀 사과꽃이 네 얼굴처럼 피어 있기 때문이야

나무야 너는
봄꽃 지는 아픈 날에도
어쩜 그리 환하게 웃을 수 있니
그건 내 꿈 안에 싱그러운 열매가
달콤한 사과들이 네 얼굴처럼 열려 있기 때문이야

실명

(한국문학시대 2020년 겨울호)

내 오른쪽 눈은 물어뜯다 놓친 아담의 선악과
내 왼쪽 눈은 백설 공주가 베어 먹고 버린 독 묻은 사과
원죄를 담은, 맹독을 품은
엘도라도 골짜기 황홀한 독버섯

등 없는 등대가 비추는 물고기가 살지 않는 바다
창 없는 집에 사는 삼손이 부르는 비루한 희망의 노래
캄캄한 바닷속 작은 집처럼
멀어버린 두 눈은 늙은 소녀의 동경과 그리움

점프

방전되다
검은 심장은 멈추고 뜨거웠던 피돌기는
이제 더 이상 팽창도 폭발도 하지 않는다
시체를 품은 사막의 피라미드
영혼이 빠져나간 폐허의 메소포타미아
찬란했던 지난날의 질주들이 억울한 올가미로
숨 막히는 이 순간의 부동이 막막한 흑암으로
무덤의 봉분을 닮은 등더미를 떠민다
이제 이렇게 여기서 부끄럽게 끝나는가

충전되다
붉은 심장을 품은 여전히 들숨과 날숨이 뜨거운 그대가
덩그러니 멈춰버린 내게로 온다
탯줄을 닮은 점프선
심장과 심장을 연결하듯 빨간 선으로 플러스에는 플러스를
영혼과 영혼을 잇듯 검은 선으로 마이너스에는 마이너스를
꽂아 넣는다
그대 내게 사정을 하듯 부르르 시동을 걸고
저 태고의 기다림 같은 3분짜리 인공호흡을 끝내면
나는 저 팔레스타인의 청년처럼 부활의 새벽을 맞으며
다시 황홀한 질주를 시작한다

보석사의 섬

하늘 바다에
섬 하나 띄운다

계절이 봄을 낳으면
굵은 가지는 산맥 되어 뻗고
잔가지는 강물 되어 흐른다
겸손한 봄살은 봄보다 파릇하다
연둣빛 흙이 어린 새의 부리로 하늘 바닷가를 간지럽히면
소망의 항구에는 부푼 돛을 세운 배들이 가득하다

봄이 지고 여름이 영글면
초록 울음은 초록 그늘에 비처럼 쏟아져 쌓인다
고뇌를 잊은 풍경소리에
살들이 흙들이 쪽보다 짙푸르다
인연에 찢기고 욕망에 파선한 항해자는
밀물처럼 섬 그림자에 스며든다

여름이 떠나고 가을이 찾아오면
밤과 낮은 열반과 고해로 자전한다
기억이 추억으로 단풍 들고
냄새나는 욕망도 실한 열매의 이름을 얻는다
늙은 어부는 지친 새가 되어
섬으로 돌아와 낙엽처럼 닻을 내린다

겨울이 가을을 장례하면
맨살을 발라낸 앙상한 뼈들은 천년의 고독을 노래한다
이제 더 이상 그리움은 기다림을 낳지 못한다
마른 산맥에 속살처럼 따뜻한 눈이 쌓이면
봄 하늘에 10센티미터 더 넓어질
푸르고 노란 은행나무 섬을 꿈꾼다

섬 하나 띄운다
마음 바다에

헌화로에서

헌화가 그리고 헌화로
노래는 길이 되었네
歌가 路로 되듯
내 것이 아니어도 사랑이 될 수 있을까

부인은 남의 부인, 꽃은 백발노인의 심장
작두날 같은 벼랑에 모가지를 걸고
진홍빛 철쭉 같은 붉은 김 나는 심장을 꺼내
후두둑 쏟아지는 하얀 새벽이슬 샘물에 담아두었네

굵은 산맥의 끝자락이 내뱉는 여린 숨결을
시린 바다의 따뜻한 혀가 핥고 있는
그곳에 길을 내었네
육지와 바다, 로맨스와 불륜
그 경계에 길은 잔도처럼 걸려 있네

점자와 수어

(한국문학시대 2020년 겨울호)

나는 점을 찍어 말을 만들고
너는 손을 들어 말을 만든다
눈 먼 난 너의 말을 모르고
귀 먼 넌 나의 말을 모른다

나는 분수를 만들어야 한다고 말했고
너는 폭포를 만들어야 한다고 말했다
넌 정시가 좋다며 정시에 만나자고 말했고
수시를 좋아하는 난 수시로 만나자고 말했다

태블릿 PC가 조작이라 말하는 네게 난 진실이라고 말했고
표창장이 위조되지 않았다 말하는 내게 넌 위조라 말했다
52시간이 난 길다고 넌 짧다고 말했고
8590원이 넌 많다고 난 적다고 말했다

마리아가 좋다는 내게 너는 마르다가 좋다고 했고
웬디를 좋아하는 네게 나는 팅커벨을 좋아한다고 말했다
가지와 잎을 좋아하는 네게 강박증이라고 난 말했고
뿌리를 좋아하는 내게 분열증이라고 넌 말했다

칼을 든 사람들과 펜을 쥔 사람들에게 매달려
넌 수어를, 난 점자를 표준어로 쓰자고 했다.
나는 여의도로 갔고
너는 광화문으로 갔다

나는 123 5 126 2356을 새겼고
너는 주먹 쥔 왼손 위에 활짝 편 오른손을 빙빙 돌렸다
너도 나도 서로에게 '사랑'을 말하고 있음을
그 누구도 알지 못했다

나무

비가 오면
나는 나무라서 그저 비를 맞아요
빗물보다 아픈 눈물이 발등에 쌓여도
나는 그 자리에 그냥 우뚝 서 있어요
바람 불면
나는 나무니까 묵묵히 바람을 맞아요
바람보다 세찬 한숨이 가슴골에 흘러도
나는 그냥 저 하늘에 푸른 집을 지어요
눈이 오면
나는 나무여서 물끄러미 눈을 맞아요
흰 눈보다 시린 시름이 머리끝에 피어도
나는 오늘도 그냥 그 나무로 그 자리에 서 있어요

줄다리기

원래는 같은 마을 사람들이었다
전쟁의 총소리와 함께 금성인과 화성인이 된다
두 패로 나뉜 외계인들은
지구를 빼앗기라도 할 듯 줄 위에 목숨을 얹는다
왼쪽이 한 걸음 뒤로 물러선 만큼
오른쪽은 한 걸음 끌려온다
도롱뇽의 침실은 아파트가 잠들 침대를 잡아먹는다
금강초롱 향기가 공장의 방귀 냄새보다 더 파래진다
오른쪽은 아파트와 물건들의 날개를 꺾겠다며
사람이 동그란 해 속에 수감 되는 날 다시 반격을 해온다
오른쪽은 두 걸음이나 뒷걸음질 치고
왼쪽은 그만큼 끌려간다
파이의 지름이 자라나고 빨간 과수원에 잔치가 열린다
파이를 만드는 사람들과 과수원 농부들은 더 시들어간다
왼쪽은 사람이 동그란 달 속에 갇히는 날 다시 반격한다
그러다가 또다시 오른쪽의 힘에 왼쪽은 질질 끌려간다

동아줄은 시퍼런 칼날이었고
서로는 서로를 향해 그것을 쑤셔댄다
천사의 날개와 악마의 뿔이
그 길이를 재며 시소를 탄다
귀가 둘 달린 토끼와 하나 달린 토끼가
그 수를 세며 낮과 밤의 길이처럼 변해 간다
왼쪽과 오른쪽 그 어느 쪽도 선악과를 먹진 못한다
자유의 여신상이 태양보다 높이 솟다가
평등의 칼날이 태양을 반으로 가른다
보트가 육지의 국경을 넘나들다가도
장벽을 높여 달나라까지 국경을 만든다
차라리 동아줄이 끊어졌으면 좋겠다고 간절히 바란다
그러면서도 서로는 손바닥에서 뱀처럼 허물이 벗겨져
독사와 살모사가 되어가면서도 서로를 끌어당긴다
전쟁의 총성을 끝내는 총소리는 끝내 들리지 않는다

기꺼이

흐드러지다 또 흐드러지다가
눈처럼 또 비처럼
사월, 그 넋 나간 날
눈물처럼 쏟아져 내리는
그 벚꽃을
딱 한 번만이라도 보고 싶다
하지만
내 홀어머니와 나
둘 중 한 사람 눈을 감아야 한다면
그 벚꽃을
기꺼이
내 넋 속에서 영원히 지우리

쌓이다 또 싸이다가
꽃처럼 또 밥처럼
일월, 그 정신 아득한 날
살결처럼 피어나는
그 눈꽃을
딱 한 번만이라도 보고 싶다
하지만
내 아내와 나
둘 중 한 사람 눈을 감아야 한다면
그 눈꽃을
기꺼이
내 혼 속에서 영원히 지우리

물들어가다 또 물들어가다가
꽃처럼 또 피처럼
시월, 그 맘 나간 날
살구처럼 익어가는
그 노을꽃을
딱 한 번만이라도 보고 싶다
하지만
내 딸과 나
둘 중 한 사람 눈을 감아야 한다면
그 노을꽃을
기꺼이
내 맘속에서 영원히 지우리

아담이 눈 뜰 때

그는 마법사도 아닌데 지팡이를 갖고 다닌다
그의 지팡이 끝에서는 길이 흘러 나온다
때로는 짖지 않는 개가 그의 길이 되기도 한다
책을 읽을 때 그는 글자가 아닌 소리를 본다
그는 또 무언가를 쓰고 싶을 땐 소리의 얼굴을 본다
어떤 때는 여섯 명의 선지자가 지혜를 데려다주기도 한다
손끝으로 선지자의 대머리를 만지는 그를
사람들은 이상하게 여긴다
그는 무언가 보일까 검정 선글라스를 끼기도 한다
그는 결코 빛으로 살지 않는다
그는 그림자로 누군가의 한 걸음 뒤에서만 따라다닌다
그래서였을까
가시 돋친 입들은 그의 뼈에 가시를 박아
가시나무를 만든다
다트 핀을 쏘는 눈들은 그의 심장에 살을 꽂아
다트무늬를 새긴다

움직이는 방에 들어갈 때는
그는 독재자에게 허락을 맡아야 한다
맛있는 집에 들어갈 때도 그는 폭군에게 거절을 당한다
책들의 나라에서는 여권이 발급되지 않는다
꿈꾸는 별에 가기 위한 항공권도
그에게는 판매되지 않는다
그는 지팡이 끝에서 나오는 길들을
떡볶이 떡처럼 똑똑 끊어낸다
그의 토막 난 길들은 한 끼의 저녁 밥상도 되지 못한다
피 흘리는 가시 박힌 나무는 지금은 꽃을 피울 수 없다
다트 핀이 촘촘한 다트판은
아직 별에게 가는 지도가 아니다
그는 흰지팡이를 타고 딱딱한 밤하늘을 나는
고독한 마법사이다

보고 싶다

김연아의 트리플 액셀
그것이 보고 싶다
천상과 지상 열정과 냉정을 넘나드는
그 황홀한 연기가 보고 싶다
하지만 내가 정말로 보고 싶은 건
눈을 떠 가장 먼저 보고 싶은 건
늦은 황혼 고단한 어깨로 따뜻한 저녁을 짓는
내 아내의 가녀린 뒷모습
그것이 그 다큐멘터리가
정말로 보고 싶다

채석강 저녁노을
그것이 보고 싶다
삶과 죽음 오늘과 내일을 넘나드는
그 아름다운 노을이 보고 싶다
하지만 내가 정말로 보고 싶은 건
눈을 떠 가장 먼저 보고 싶은 건
늦은 오후 수수한 얼굴로 상냥한 말을 거는
앞마당 수줍은 봉숭아
그것이 그 1학년 그림이
정말로 보고 싶다

태백산 눈꽃풍경
그것이 보고 싶다
진경과 그림 겨울과 봄을 넘나드는
그 신비한 설경이 보고 싶다
하지만 내가 정말로 보고 싶은 건
눈을 떠 가장 먼저 보고 싶은 건
이른 아침 졸리는 얼굴로 따스한 미소를 만드는
내 딸들의 맑은 얼굴
그것이 그 동화들이
정말로 보고 싶다

어느 호르헤 영감의 편지

초음파를 수신하는 작은 귀가 녹아버린 붉은 박쥐를 보면
나라고 생각해도 좋아
더듬이를 뽑힌 남색초원하늘소도 마찬가지지
모네는 당신에게 날마다 다른 아침을 그려주지만
모네와 싸운 나는 그림을 태워버린 지 오래야
그림 없는 아침이 오면 나도 창문을 열어
하지만 햇살은 들어오지 않지
참 이상도 하지 햇살을 아침으로 먹은 아침
창문 밖보다 안쪽이 더 캄캄해
창밖엔 비가 오지 않는데도 내 안엔 언제나 비가 오지
그치지 않는 비는 무지개를 만들 수 없어
당신의 나라에 비가 오지 않을 때도
당신은 무지개를 키우고 있지
나더러도 무지개를 사랑하냐고 묻지만
우리 집에는 걔들이 살질 않아
그 일곱 아이가 죽은 지 벌써 꽤 됐을 걸
난 죽은 얼굴들을 이름으로 기억하는 습관이 있어
그러니까 난 사전을 반려동물로 키우는 셈이지
꼭대기 층 서재에는 여러 사전들이 살고 있어
얼굴이 없어 표정도 없는 이름들에게
밥을 주는 일은 정말 힘들어 그들은 기억을 먹고 사는데

가스 불을 너무 오래 켜두어 다 타버렸거든
당신은 동의하지 않겠지만 얼굴이 기억나지 않는 당신은
스토커일지도 모른다는 생각을 해
당신이 아무 말도 하지 않을 땐
나의 나신을 도촬하는 CCTV같거든
언제나 침묵은 스토킹의 냄새가 나잖아
어쩌면 스토커는 나인지도 모르지
당신의 냄새와 당신의 목소리를 찾아다니며
곧고 부드러운 당신의 등을 더듬는 상상을
지금도 하고 있거든
혹시 호르헤 영감 알아 장미의 이름에 나오지
웃는 흰 말과 우는 검은 말
사실 난 어떤 말을 죽이고 싶거나 남기고 싶은 맘은 없어
책이나 연극이나 십자가나 수레바퀴에 별 관심이 없거든
나는 그냥 아무 말이나 타고 가서
때로는 순간순간 바꿔 타도 좋지만
두 눈으로 무지개를 오드득오드득 씹어 먹고 싶어
당신에게 무지개를 그려주었던 모네는
침묵처럼 하얀 수정체를 갖고 살았다는 이야기를 기억해
수정체가 녹아버린 모네를 보면 나라고 생각해도 좋아
고막에 불이 난 베토벤도 마찬가지지

가시나무숲 검은 발자국

그대 내딛는 발자국
훗날 길 찾는 우리의 별이 되리니
어둡고 외롭다 울지 말아요
어두울수록 외로울수록
찬란하게 빛날
그대 검은 발자국

그대 만나는 가시나무 숲
훗날 길 잃은 우리의 꽃밭 되리니
아프고 무섭다 울지 말아요
아플수록 무서울수록
향기롭게 피어날
그대 아픈 가시나무꽃

그대 발자국 내딛기 전 그대 이미 길이었음을
그대 가시밭 접어들기 전 그대 벌써 꽃이었음을
결코 잊지 말아요 그대
어둠이 칠해지기도 전에 그대 이미 빛이었음을
절망이 그려지기도 전에 그대 벌써 꿈이었음을
영원히 잊지 말아요 그대

톡톡

꽃망울처럼 반가운 메시지가
'톡톡' 돋아났다
잘 지내지

꽃송이처럼 애틋한 메시지가
'톡톡' 피어났다
보고 싶다

시인의 말

푸르디푸른 가을 하늘이 그립습니다.
맨드라미보다 더 붉은 눈물이 흐릅니다.
실명을 한 뒤 살기 위해 시를 썼습니다.
그리고 다시 시를 쓰기 위해 살았습니다.
붉은 눈물을 모아 쪽빛 하늘에
문학과 과학의 눈맞춤, 기다림과 그리움의 입맞춤,
나와 당신의 사랑, 절망과 희망의 포옹에 관해 쓴
시들을 모았습니다.